Bibliothèque Syndicale et Ouvrière

N° 16

Léon ARISTID

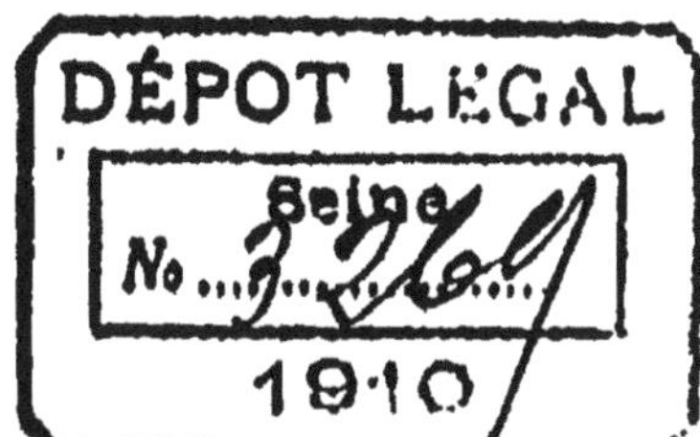

Vers la Croyance

PARIS
IMPRIMERIE TÉQUI ET GUILLONNEAU
3 *bis*, RUE DE LA SABLIÈRE (XIVe)

BIBLIOTHÈQUE SYNDICALE ET OUVRIÈRE

Cette bibliothèque se compose d'une série de petites brochures écrites dans un style pris sur le vif et de lecture facile et attrayante. D'une moralité irréprochable et d'une grande utilité pratique, elles sont destinées à être répandues en grand nombre parmi les jeunes gens et les ouvriers à qui elles feront incontestablement un grand bien.

N° 10. — **Soutane et Blouse** qui montre par les faits comment un curé soucieux d'attirer à lui les travailleurs, a transformé une cité ouvrière.

N° 11. — **Tous Mutualistes!** pour faire comprendre que la mutualité rend l'ouvrier prévoyant et meilleur.

N° 12. — **Vers la Prévoyance.** Pour engager à penser au lendemain.

N° 13. — **Sages Conseils.** Cinq Récits pleins de charme donnant chacun une leçon sur la vie pratique.

N° 14. — **A Paris!** Intéressant et suggestif fait divers montrant combien le paysan s'illusionne quand il abandonne sa situation au village sous prétexte de venir faire fortune à Paris.

N° 15. — **Partout des Frelons!** pour montrer que dans notre vie actuelle beaucoup vivent aux dépens des autres.

N° 16. — **Vers la Croyance.** Pour montrer du doigt qu'en se rendant meilleur, on se rend plus croyant.

N° 17. — **Méfiez-Vous!** Récits pris sur le vif où l'on prouve combien il faut se méfier des gens trop prometteurs.

N° 18. — **Conversions** où par quelques épisodes bien compris on montre combien il est bon de sortir de l'erreur.

N° 19. — **Histoires diverses.** Faits divers renfermant chacun une moralité en rapport.

Conditions de vente : **0 fr. 10** l'exemplaire ; **8 fr.** le cent. ; **60 fr.** le mille.

I

Leçon d'Histoire

Jacques Guermeur vient de rentrer chez lui. Il a passé sa journée à labourer ses champs; dès le matin, avant l'aube, alors que dans sa ferme tout était encore endormi, il est parti avec ses deux bons chevaux et sa charrue et tout le jour, sous les rayons ardents du soleil, il a travaillé avec ardeur, préparant la moisson prochaine.

Il est tout surpris de ne pas voir venir à sa rencontre, comme d'habitude, son petit Jean, un écolier de huit ans, au visage mutin, aux cheveux bouclés, qui est déjà très sage et est le premier de sa classe.

Après avoir dételé ses chevaux et les avoir remis à son valet de ferme, en lui recommandant de ne pas les faire boire tout de suite, car ils ont très chaud, Jacques Guermeur, en quelques enjambées, est parvenu dans la grande salle de la ferme, où il trouve sa femme occupée à préparer le repas du soir.

— Et Jean? demanda le père avec un peu d'inquiétude dans la voix.

— Il est là, dans sa chambre, il travaille; il a à faire un devoir très important qui doit compter pour les prix, et il s'y applique de tout son cœur.

Tout doucement, le père s'approche et ouvre la porte :

— Bonsoir, Jean!

Le petit lève la tête, surpris d'abord; puis, d'un seul bond, se précipite dans les bras de son père qui le soulève comme une plume et dépose sur ses joues rebondies deux baisers sonores.

— Comment, père, déjà rentré! il est donc bien tard?

— Six heures bientôt; mais tu travaillais de si bon cœur que le temps ne t'a pas semblé long. Que faisais-tu donc de si important?

— Tiens, tu peux voir, je viens de terminer.

Et le père prit la feuille de papier, couverte d'une écriture irrégulière, mais qui dénotait cependant une application soutenue.

Le devoir était intitulé :

Les Bienfaits de la Révolution.

Et Jacques Guermeur lut :

« Avant la grande Révolution, le paysan « était très malheureux. Il était forcé de tra- « vailler de toutes ses forces, car il était atta- « ché à la glèbe et son travail ne lui profitait « pas. Le paysan français n'était pas libre; il « avait des maitres cruels et rapaces qui le « maltraitaient et le dépouillaient du fruit de « son travail.

« Ces maitres étaient les seigneurs et les « moines.

« Les seigneurs étaient toujours en train de « se faire la guerre entre eux, et ils dévastaient « et ils brûlaient les moissons que le pauvre « paysan avait eu tant de mal à faire pousser.

« Quand il n'y avait pas de guerre, c'était « des parties de chasse; le seigneur et ses « amis, avec leurs chevaux et leurs chiens « passaient sur les terres du pauvre paysan, « et tout était abîmé. Si l'un d'eux voulait se « plaindre, le méchant seigneur le faisait bat- « tre à coups de fouets par ses domestiques.

« Les moines étaient encore plus méchants « que les seigneurs; ils étaient des fainéants, « car ils restaient enfermés dans leurs cou- « vents sans rien faire.

« Quand la moisson était finie, le pauvre

« paysan n'avait pas le droit de rentrer sa « récolte dans son grenier ; il fallait avant que « les moines passent sur son champ, et ils « prenaient une gerbe sur dix, et toujours ils « choisissaient les plus belles.

« Il en était de même pour les bestiaux : si « le pauvre paysan avait dix brebis, les moines « arrivaient et ils prenaient la plus grasse : « s'il y avait dix poules, il fallait aussi en « donner une aux moines; c'est ce qu'on « appelait la dîme.

« Quelquefois, les couvents des moines « étaient entourés de marais. Dans ces marais « il y avait beaucoup de grenouilles. Comme « ces grenouilles faisaient un grand bruit pen- « dant la nuit, les moines ne pouvaient pas « dormir tranquilles. Alors, ils s'avisèrent de « forcer les pauvres paysans qui avaient bien « travaillé toute la journée et qui étaient si « fatigués, à venir avec de grandes perches, « pour taper sur l'eau des marais, afin d'em- « pêcher les grenouilles de chanter.

« La grande Révolution a empêché toutes « ces vilaines choses.

« Aujourd'hui, les paysans sont des hommes « libres; la dîme est abolie, la propriété indi- « viduelle est respectée, les seigneurs n'exis- « tent plus et les moines ont perdu leur « influence.

« Nous devons donc être reconnaissants à « la grande Révolution d'avoir amélioré le « sort du pauvre paysan. »

∴

Après avoir achevé cette lecture, Jacques Guermeur reposa lentement la feuille sur la table, puis le visage empreint d'une grande tristesse, il regarda son fils, tout étonné de ne pas recevoir les félicitations auxquelles il s'attendait, et il lui dit :

— Mon pauvre petit !

Jean était tout surpris; il ne comprenait rien à l'attitude de son père, et il crut devoir affirmer :

— Je t'assure papa, que j'ai bien écouté les explications du maître; tout ce que j'ai écrit là, il nous l'a dit, pourquoi as-tu l'air de trouver que mon devoir n'est pas bien fait?

Alors, le fermier s'assit et prit son fils sur ses genoux :

— Mon petit Jean, lui dit-il, écoute-moi bien; tu sais si je t'aime, tu sais aussi que je ne voudrais pas te causer la moindre peine; il faut cependant que je te dise la vérité; ce que ton maître t'a dit, ce que tu as écrit là, ce sont des mensonges. Oh ! je sais bien qu'il n'y a rien de ta faute, tu ne peux pas savoir, toi ! s'il y a quelqu'un de coupable, c'est ton père, qui a eu le tort jusqu'ici de se désintéresser trop de ce qu'on t'apprend à l'école. Je te promets qu'il n'en sera plus de même à l'avenir, et pour commencer, je vais t'expliquer ce qu'étaient en réalité ces moines, que l'on prétend aujourd'hui avoir été des fainéants et des exploiteurs des paysans.

Et longuement, Jacques Guermeur retraça à l'enfant l'histoire du moyen âge. Il lui montra notre pays inculte, livré à la barbarie; puis l'influence bienfaisante du Christianisme; les moines apprenant au paysan à défricher et à cultiver la terre, les villages surgissant peu à peu au milieu des forêts. Il lui expliqua ce qu'était en réalité le régime féodal, et il prouva que les moines avaient toujours pris le parti du faible contre le fort, qu'ils avaient, en instituant la chevalerie, songé surtout à venir en aide aux humbles et aux malheureux.

Il lui démontra que la dîme était légitime, puisqu'elle constituait le seul impôt perçu à cette époque, et il concluait ainsi :

Aujourd'hui, on ne paye plus la dîme, c'est vrai, mais nous sommes bien plus grugés et pressurés que nos pères ne l'étaient autrefois. Ce n'est plus seulement une gerbe sur dix que l'on doit donner à l'Etat, qui a remplacé les seigneurs et les moines, mais bien l'équivalent d'une gerbe sur trois; et lorsque l'année est mauvaise, que la sécheresse ou la grêle détruisent la récolte, il faut payer quand même.

Il y a encore bien d'autres institutions utiles, par exemple les corporations ouvrières, que la Révolution a détruites, sans les remplacer par quelque chose d'équivalent, tu apprendras cela plus tard, et tu verras qu'en réalité, la fameuse Révolution a fait plus de mal que de bien.

L'enfant avait écouté avec une grande attention ce que son père venait de lui dire et il résolut de mettre à profit ce qu'il venait d'apprendre.

Aussitôt le dîner terminé, il retourna s'installer dans sa chambre, et à la clarté de la lampe familiale pendant que tout dormait dans la maison, il recommença son devoir... mais ce devoir n'eut pas le premier prix à l'école.

*
* *

Mais le père eut la satisfaction d'en avoir gagné un aux yeux de sa conscience. Il venait de détruire, dans l'intelligence de son jeune enfant, des germes d'erreur et, en agissant ainsi, il avait rempli un devoir sacré, devoir qui incombe à tout père de famille vraiment digne de ce nom.

II

Les Trois Compagnons

— Eh bien, père François ! est-ce aujourd'hui, que vous allez nous conter une de vos histoires ?

Les charpentiers étaient réunis au milieu du chantier devant un feu de copeaux allumé à la hâte.

Celui auquel s'adressait cette question était un vieil ouvrier d'au moins cinquante-cinq ans qui avait, depuis une quarantaine d'années qu'il travaillait, parcouru les cinq parties du monde.

Malgré son âge, il était encore robuste, et souvent, lorsqu'il s'agissait d'un travail difficile, demandant du sang-froid et de la prudence, le maître-compagnon le choisissait de préférence aux jeunes. Le père François n'aimait pas les idées nouvelles ; quand, devant lui, on parlait de revendications, de grèves, de révolution sociale, il haussait les épaules.

— Vous pourrez dire et faire tout ce que vous voudrez, déclarait-il ; un bon ouvrier gagnera sa vie partout, et jamais vous ne parviendrez à obtenir qu'un « loupeur », une « mazette », un « poil-dans-la-main », soit considéré comme un travailleur sérieux et un bon compagnon.

Vous voulez améliorer la Société, dites-vous ; commencez d'abord par vous améliorer vous-mêmes et le reste marchera tout seul !

Parfois, lorsque la conversation déviait sur ce terrain brûlant, la discussion s'animait, mais jamais elle ne dégénérait en dispute, car le « vieux » était un bon camarade et, au fond, chacun le respectait.

Et puis, il connaissait de si drôles d'histoires !

Ce jour-là, le père François était d'excellente humeur ; aussi, sans se faire prier, il se rendit au désir de ses camarades.

Pour aujourd'hui, les gars, annonça-t-il après avoir allumé sa pipe, je vais vous raconter l'histoire des trois compagnons :

« C'était il y a une quarantaine d'années ; à cette époque, il n'y avait pas encore beaucoup de chemins de fer, et comme les diligences coûtaient cher, les trois charpentiers dont je vais vous parler, et qui étaient sur leur tour de France, voyageaient à pied.

L'un était un tout jeune homme, qui avait depuis peu terminé son apprentissage ; le second, plus âgé, avait déjà fait une fois son tour de France ; le troisième, lui, était un vieux routier, qui, ayant pas mal couru le monde, connaissait plus d'un tour et possédait de l'expérience à revendre.

Mes trois gaillards, après avoir fourni plusieurs étapes sans trouver de travail, avaient le ventre creux et la bourse plate ; mais ils étaient robustes, pleins d'entrain, et chantaient tout le long de la route, pour la trouver moins longue.

Un soir, ils arrivèrent, harassés, mourant de faim, aux premières chaumières d'un bourg.

Ils demandèrent la maison du maire, à qui il fallait s'adresser, pour obtenir, après avoir montré ses papiers, un billet de logement.

Or, il se trouvait que le maire était précisément maître-charpentier, et cherchait des ouvriers, car, ayant plusieurs entreprises à exécuter, il était pris par des rhumatismes qui, depuis près de deux mois, le tenaient cloué au lit.

Il reçut fraternellement les trois ouvriers, leur offrit un souper copieux, et envoya sa fille préparer des lits :

— Demain matin, dit-il, nous verrons si nous nous pouvons entendre pour le travail.

Le lendemain matin, il fit servir aux trois ouvriers une épaisse tranche de lard, avec un pain bis de six livres et un broc de cidre.

— Maintenant, compagnons, dit-il, causons ! Si vous acceptez mes conditions, je vous embauche tous trois. Je donne 3 francs 10 sous par jour, le lit, et la soupe à midi. Ça va-t-il ?

Les trois compagnons se regardèrent ; les deux plus jeunes firent la moue, le plus vieux, lui, hésitait.

A la fin, le plus jeune des trois, celui qui avait à peine terminé son apprentissage s'écria :

— 3 francs 10 sous par jour ! Allons donc ! ce n'est pas le salaire d'un compagnon ; il faut mettre vingt sous de plus, ou il n'y a rien de fait.

— Pas un liard, dit le patron, c'est à prendre ou à laisser.

Alors, les charpentiers jetèrent leurs outils sur leur épaule, et s'en allèrent ; mais, quand ils furent arrivés au bout du village, l'un d'eux, celui qui n'était ni le plus vieux ni le plus jeune, se ravisa et, après avoir serré la main de ses camarades, il leur dit :

— Après tout, 3 francs 10 sous, c'est encore bon à prendre ; et puis, qui sait ? le patron n'est plus jeune, sa fille n'est pas laide... et l'avenir est à tout le monde. Ma foi, je me risque ! Bonne route, compagnons !

Et il retourna vers le village.

Les deux autres ouvriers continuèrent leur route.

Pendant plusieurs autres jours, ils traversèrent des plaines, des bois, des villages et des villes; plus d'une fois, ils durent se coucher le ventre vide ; enfin, un soir, ils apprirent que, dans une ville, à quelques lieues de l'endroit où ils se trouvaient, on demandait des ouvriers pour travailler à la reconstruction d'un clocher que la foudre avait à demi détruit.

Le lendemain matin, de bonne heure, les deux compagnons s'y rendirent.

Lorsqu'ils furent arrivés à pied d'œuvre, ils reconnurent que le travail n'était pas précisément facile; il s'agissait d'établir un échafaudage à une cinquantaine de pieds de hauteur, sur des pierres branlantes ; un ouvrage à se rompre le cou, quoi !

Ils en firent l'observation au maître-compagnon qui répondit :

— Si je paie mes compagnons 8 francs par jour pour ce travail, c'est que je me rends compte qu'il ne peut être fait que par des « lapins », et non par des « mazettes ».

— 8 francs par jour ! s'écria le plus vieux des compagnons ; j'ai fait des travaux plus difficiles pour beaucoup moins ; je reste.

— « Mazette » si vous voulez, déclara le plus jeune ; je n'ai pas encore assez vécu pour ne plus tenir à ma peau. Bonsoir !

Et après avoir souhaité bonne chance à son camarade, il continua seul sa route.

Pendant plusieurs années, il parcourut la France, travaillant ici ou là, repartant plus loin dès qu'il avait en poche quelques écus.

Ce ne fut qu'au bout d'une dizaine d'années qu'il revit les villes où il avait quitté ses deux premiers compagnons de route.

Dans la seconde, on lui montra le clocher refait à neuf et dont le coq, en étant doré, luisait au soleil.

Il vit, au milieu de la place, une croix de fer forgé qu'il n'avait pas remarquée lors de son passage, et demanda depuis quand elle était là et à quelle occasion on l'avait plantée.

— A cet endroit, lui dit le vieux bedeau de l'église, est venu s'abattre un malheureux charpentier qui, le premier, avait commencé à monter les échafaudages pour les réparations du clocher.

Et avec le signalement que le vieux lui fit de la victime, il reconnut son compagnon.

Quelques jours plus tard, il alla frapper à la porte du maître-charpentier chez lequel il avait reçu l'hospitalité dix ans auparavant.

Il ne fut qu'à moitié étonné de retrouver là son ancien camarade, qui avait succédé au patron mort depuis déjà longtemps, et dont il avait épousé la fille.

— Je savais bien qu'un jour ou l'autre je te reverrais, lui dit le maître de céans ; tu vas souper avec nous ; tu me raconteras tes aventures, car il a dû t'en arriver, depuis que nous nous sommes quittés ; et puis, tu coucheras à la maison, et, si le cœur t'en dit, j'ai du travail à ta disposition.

Le lendemain matin, la conversation continua devant un verre de cidre.

— Eh bien, dit le patron, as-tu réfléchi ? Veux-tu travailler chez moi?

— Quel est ton prix ?

— Toujours le même : 3 francs 10 sous, le lit et la soupe à midi !

— Ce n'est pas assez pour un compagnon comme moi ; au revoir, camarade, et sans rancune.

Et prenant ses outils, il les jeta sur son épaule et partit.

Il a, depuis, traîné sa bosse un peu partout, travaillant de-ci, de-là ; et peu à peu, les années s'accumulant, ses cheveux ont blanchi, et il est devenu la vieille bête dont vous blaguez les idées passées de mode, et qui vous amuse avec ses histoires.

A celle-ci, on peut donner comme conclusion un proverbe qui n'est pas jeune, mais qui sera vrai tant qu'il y aura des hommes sur la terre :

« Pierre qui roule n'amasse pas mousse. »

III

Une farce de Copain

— « Ça, par exemple, c'est une sale blague ! s'écria Victor Maupin en jetant d'un geste furieux son sac d'outils sur son épaule. »

D'un bout à l'autre de l'atelier éclatèrent soudain de joyeux éclats de rire.

— Ah ! ça vous amuse, vous autres, fit l'ouvrier ; eh ! bien, un peu de patience, rira bien qui rira le dernier !

Et il sortit, tout à fait exaspéré, en faisant claquer la porte.

*
* *

Victor Maupin était un excellent ouvrier, connaissant sur le bout du doigt son métier de menuisier ; marié depuis trois ans, père de deux fillettes qu'il adorait, il ne fréquentait pas le cabaret. Son patron, M. Dumoulin, était très satisfait de ses services et ses camarades n'avaient jamais eu à se plaindre de lui. Avait-on besoin d'un conseil, d'un service, on pouvait, sans crainte d'essuyer un refus, s'adresser à Victor, il ne refusait jamais.

Bon ouvrier, bon camarade, bon père de famille, Victor Maupin avait cependant un léger travers ; c'était un anticlérical acharné. Il lisait assidûment la *Lanterne*, l'*Action* et autres journaux du même bord ; et cet homme, d'un naturel très doux, qui n'eût pas fait de mal à une mouche, devenait soudain furieux à la seule vue d'une soutane.

Parfois, à l'atelier, ses camarades s'amusaient à le taquiner.

— Dis donc, Victor, disait l'un, est-ce vrai que tu t'es marié à l'église ?

— Eh ! bien, oui ! c'est vrai, mais ce n'est pas ma faute, ce sont les parents de ma femme qui m'ont imposé cette condition, mais je puis dire que je n'ai cédé qu'à contre-cœur et au dernier moment.

— Cela n'empêche pas, reprenait un autre, que tes deux enfants ont été baptisés.

— C'est vrai, mais c'est ma femme qui l'a exigé; j'ai préféré en passer par là que d'avoir des histoires dans mon ménage. D'ailleurs, cela ne tire pas à conséquence.

— Tout cela est très bien, mais lorsqu'on se prétend anticlérical, on devrait au moins donner l'exemple et ne pas envoyer ses enfants à l'école des sœurs.

Alors Maupin se mettait en colère, ce qui égayait fort ses camarades.

Aussi, lorsque certain après-midi, arriva une lettre du curé demandant d'envoyer chez lui le lendemain un ouvrier pour donner quelques coups de rabot à des portes qui ne fermaient plus que difficilement et à des fenêtres qui ne se fermaient plus du tout, un loustic s'écria :

— Il faudrait envoyer Maupin, ce serait amusant !

— Tiens, c'est une idée ! avait répondu le contremaître.

Et l'idée avait été mise à exécution, motivant la colère de l'ouvrier.

∴

— Monsieur le curé, voilà le menuisier ! dit la servante en entrant en coup de vent dans la salle à manger du prêtre, qui achevait de déjeuner.

— C'est bien, je vais lui dire ce qu'il y a à faire.

Maupin s'était débarrassé de son sac d'outils et, d'assez mauvaise grâce, il salua le curé; puis il fallut, sous la conduite de celui-ci, parcourir le presbytère, et examiner le travail à accomplir. Quand cette visite fut terminée, le curé demanda à Maupin s'il pensait pouvoir terminer son travail le soir même.

— Ça dépend, on verra... répondit évasivement l'ouvrier.

— Vous accepterez bien un verre de vin blanc avant de commencer ! reprit le curé.

— Merci bien, monsieur, cela ne m'est pas possible.

— Tiens ! pourquoi donc cela ?

— Parce que mes « principes » me le défendent, fit l'ouvrier en se rengorgeant.

— Comment, vous avez des principes qui vous empêchent de boire un verre de vin blanc ! seriez-vous musulman, par hasard?

— Non, monsieur, répondit Maupin, mais je suis anticlérical !

A ces mots prononcés sur un ton d'emphase comique le curé ne put s'empêcher de répondre par un bruyant éclat de rire qui déconcerta légèrement l'ouvrier.

— Comment, mon brave, c'est parce que vous êtes anticlérical que vous boudez mon vin blanc lequel, je vous l'assure, n'est pas mauvais? Vous avez vraiment tort, et je puis vous déclarer, si cela peut vous mettre à l'aise, que je suis, pour le moins, aussi anticlérical que vous !

Pour le coup, Victor Maupin ouvrit des yeux larges comme des portes cochères et regarda tout ahuri le curé qui souriait.

Voilà, pensait-il, un particulier qui se « paye ma tête » d'une façon peu ordinaire.

Il n'eut pas besoin d'exprimer cette pensée, car le curé l'avait déjà devinée.

— Ne croyez pas que je me moque de vous, reprit le curé, je parle tout à fait sérieusement, au contraire, et je vais vous le démontrer en deux mots :

— Qu'est-ce qu'un anticlérical? C'est, n'est-ce pas, quelqu'un qui est opposé à tout ce qui est clérical ?

— En effet, répondit Maupin.

— Et maintenant, qu'est-ce que c'est qu'un clérical ?

Le menuisier fut un moment embarrassé, puis il répondit, d'une voix mal assurée :

— C'est un curé, un moine, un jésuite...

— Pas du tout, mon ami, interrompit le prêtre ; voilà où nous commençons à n'être plus tout à fait d'accord : un curé, c'est un curé; un moine, c'est un moine; un jésuite, c'est un jésuite, et un clérical c'est tout simplement... quelqu'un qui veut imposer quand même des idées à d'autres sans respecter celles d'autrui; je suis curé, mes fonctions consistent à dire la messe, à confesser, à baptiser, marier et enterrer; si je me renferme strictement dans ces fonctions, personne ne peut m'accuser de cléricalisme; je deviendrais clérical le jour où je m'occuperais de choses qui ne concernent pas mon ministère, où je m'appliquerais à débattre contre le rabbin ou le pasteur, où je mettrais l'autorité qui s'attache à mes fonctions de prêtre au service d'un parti politique quelconque, lorsque ce parti ne se déclare pas ouvertement contre la religion dont je suis le ministre; dans un autre ordre d'idées, je ferais également du cléricalisme, si, sous prétexte que je porte une soutane, je prétendais vous donner des conseils, en ce qui concerne votre métier que vous connaissez beaucoup mieux que moi et voilà pourquoi, après toutes ces explications, vous avez le droit d'appeler un franc-maçon qui a juré haine à la religion, [illegible]ai clérical.

— Ce que vous di[illegible] ès juste, dé-

clara Maupin ; mais, pour beaucoup, le cléricalisme, c'est tout simplement la religion.

— J'espère pour vous, dit le prêtre souriant, que vous n'êtes pas de ceux-là, car ce ne serait pas une recommandation en votre faveur; la religion — et tout anticlérical que vous soyez, vous ne pouvez pas l'ignorer — prescrit d'aimer et d'honorer ses parents; d'aimer son prochain; de ne pas faire de faux témoignages; de ne pas s'approprier le bien d'autrui ; d'être charitable. Vous conviendrez avec moi que les gens que gênent ces préceptes si élémentaires de moralité et d'honnêteté ne sont pas très intéressants; ce sont particulièrement les menteurs, les égoïstes, les ivrognes et autres apaches... je ne vous fais pas l'injure de croire que vous accepteriez de vous trouver en semblable compagnie.

*
* *

A ce moment, le curé fut prévenu qu'un visiteur le demandait; il dut interrompre cette intéressante conversation, et Maupin en profita pour se mettre au travail. Comme il achevait de raboter le pas d'une porte, la servante du curé survint, apportant une bouteille de vin blanc et un verre :

— Voici ce que monsieur le curé m'a prié de vous apporter.

Maupin se redressa, essuya d'un revers de main son front trempé de sueur et répondit :

— Il a l'air d'un bien brave homme votre maître?

Et il ajouta tout bas cette phrase qu'il eût été sans doute bien embarrassé d'expliquer :

— Ah ! si tous les curés étaient comme celui-là !..... On voit bien qu'il n'est pas clérical.

IV

Renégat malgré lui

— Voyons, il ne s'agit pas de se disputer; il faut prendre une décision : Irons-nous, ou n'irons-nous pas?...

Ces paroles, prononcées d'une voix énergique, par le citoyen Fautrat, président de la Chambre syndicale des ouvriers métallurgistes, eurent pour premier résultat d'obtenir un instant de silence.

Le président profita habilement de ce moment de répit pour essayer de mettre d'accord ses camarades, ce qui ne paraissait pas chose facile.

En effet, la question qui avait motivé ce soir-là la réunion du Conseil syndical était des plus graves; nous allons ici l'exposer en quelques mots.

***

Le syndicat des métallurgistes de X.-sur-Aisne venait de perdre un de ses plus vieux adhérents, le père Choppart, décédé après une assez longue maladie.

Tout était réglé pour l'enterrement; une quête, faite parmi les ouvriers, avait permis d'acheter une magnifique couronne de perles, ornée d'un rutilant piquet d'immortelles et traversée d'un large ruban rouge sur lequel on lisait cette inscription en lettres de papier doré :

A UN VIEUX PROLÉTAIRE,

SES CAMARADES DE LUTTE ET DE TRAVAIL.

Le secrétaire du syndicat devait prononcer un discours dont le texte lui avait été envoyé par un comité révolutionnaire de Paris; ce devait être un enterrement chic.

Dans l'après-midi, un bruit étrange circula dans la petite ville : contrairement à l'opinion générale, le père Choppart allait être enterré religieusement.

Ça, par exemple, c'était trop fort! Les chefs du Syndicat n'en revenaient pas...

Comment, ce vieux lutteur révolutionnaire, ce libre-penseur endurci, cet irréconciliable ennemi des curés serait enterré avec le concours de cette religion qu'il avait combattu toute sa vie?

Ce n'était pas croyable; un faux bruit répandu par les calotins de la ville sans doute?

N'importe! il fallait s'informer au plus vite et connaître la vérité.

Ce ne fut pas long.

Au début de la réunion, le secrétaire du syndicat avait rendu compte aux conseillers de la rapide enquête qu'il venait de faire : les renseignements qu'il apportait étaient précis, indiscutables.

Pendant le cours de sa maladie, le père Choppart, qui était célibataire, n'avait pas de famille et vivait seul, avait été soigné par deux sœurs de charité.

La première fois qu'elles s'étaient présentées chez lui, il les avait mises à la porte.

Le surlendemain elles étaient revenues; le vieux avait bien grogné; mais il avait laissé les deux religieuses mettre un peu d'ordre dans son ménage — qui d'ailleurs en avait grand besoin —; au cours de la visite suivante la paix était faite.

Huit jours avant de mourir, Choppart avait consenti à recevoir la visite d'un prêtre; il s'entretint avec lui pendant près d'une heure et lui demanda de revenir. Bref, le vieux libre-penseur était mort confessé et administré: il avait écrit et signé devant témoins un testament dans lequel il déclarait vouloir être enterré à l'Eglise. Il n'y avait rien à faire!

* * *

— Tout cela, déclara aigrement un conseiller, qui avait vainement tenté d'être élu président à la précédente assemblée générale, c'est la faute du bureau.

On a des camarades malades et personne ne se dérange pour aller les visiter, on ne s'occupe même pas s'ils ont besoin d'un secours; il est bientôt temps de se démener, quand il n'y a plus qu'à s'occuper de l'enterrement!

— Ça, c'est bien vrai, appuya un autre; si le bureau nous avait prévenu de la maladie de Choppart, nous serions allés le voir; on lui aurait porté du tabac, des petites douceurs et, de cette façon, il n'aurait pas eu besoin du secours des religieuses.

— Halte-là! je proteste, s'écria le secrétaire: d'abord tout le monde savait que Choppart était malade; pouvait aller le voir qui voulait; pour ce qui est des secours, le syndicat n'avait pas à en donner. Il est dit dans les statuts, que nous devons assister aux obsèques des camarades qui viennent à mourir, et leur offrir une couronne au nom du syndicat.

Nous l'avons fait; vous ne pouvez pas nous demander autre chose!

— Eh bien! moi, déclara un autre conseiller, je demande au Conseil de décider que le syndicat ne sera pas officiellement représenté à l'enterrement.

— Et la couronne, objecte une voix, qu'en ferons-nous ?

— On la gardera pour une autre occasion.

— Allons donc, ce n'est pas sérieux !

La discussion devenait de plus en plus violente, et aurait certainement dégénérée en bataille sans l'intervention du président.

— Voyons, dit-il, puisque nous ne pouvons pas nous entendre, je vais faire procéder à un vote ; on se rangera à l'avis de la majorité, à moins toutefois que vous me permettiez de vous donner un conseil...

— Parlez, nous vous écoutons !

— Vous savez, reprit le président, que je suis, comme la majorité d'entre vous, un libre-penseur, un vrai ; je n'ai jamais été soupçonné par personne d'être l'ami des curés, eh bien ! je suis d'avis que nous devons assister à l'enterrement de notre camarade ; je ne vous demande pas d'aller à l'église, mais simplement au cimetière, et là, je vous promets que nous aurons notre revanche, je me charge de jouer un bon tour au curé.

— Lequel ? demandèrent plusieurs ouvriers.

— Vous verrez demain, ce sera une surprise ; maintenant que ceux qui sont d'avis que le Syndicat soit officiellement représenté à l'enterrement de Choppart lèvent la main.

Presque toutes les mains se levèrent.

— Allons, c'est une affaire entendue, je lève la séance.

Allons nous coucher !

***

Le lendemain, à l'heure fixée pour les obsèques — onze heures du matin — une centaine d'ouvriers syndiqués, président en tête, se trouvaient groupés près de la maison de Choppart; le clergé vint procéder à la levée du corps; le cercueil de sapin fut hissé sur le corbillard, derrière lequel on accrocha la superbe couronne à ruban rouge.

Pendant la cérémonie religieuse, les syndiqués libres-penseurs se répandirent dans les cabarets de la place.

Enfin, le cortège sortit de l'église, et se dirigea vers le cimetière.

Les syndiqués qui s'étaient un peu attardés à prendre leur apéritif durent se hâter pour rejoindre le cortège.

Le cercueil fut descendu du corbillard, et tout le monde se groupa en cercle autour de la fosse, auprès de laquelle se tenait le clergé.

Lorsque les employés des pompes funèbres eurent terminé leur lugubre travail, le prêtre après avoir récité les dernières prières s'apprêtait à jeter de l'eau bénite sur le cercueil, lorsque le président s'avança sur le bord de la fosse, du côté opposé à celui où se trouvait le prêtre, et fit un signe à l'un de ses compagnons.

Celui-ci passa alors la bannière du syndicat, une superbe bannière rouge, que le président inclina sur la fosse, pendant que de sa main restée libre, il faisait un geste pour demander le silence. Il allait débiter son discours.

Mais à ce moment, le prêtre, qui n'avait pas froid aux yeux, leva son goupillon, pour bénir la tombe; en voyant le drapeau qui la recouvrait presque entièrement il ne broncha pas. Par deux fois son bras s'abaissa et le drapeau fut copieusement aspergé.

Le président en fut estomaqué; il le fut

tellement qu'il en oublia le texte de son discours, et qu'il dut se retirer tout penaud.

Cet incident lui a fait beaucoup de tort, et aujourd'hui les syndiqués ne se gênent pas pour dire tout haut : « Fautrat? encore un qui a retourné sa veste! Il y a deux mois, il a fait bénir par le curé de la paroisse le drapeau rouge du syndicat révolutionnaire. »

V

L'admirable découverte du Professeur Ivar Amnéus

> Lorsque la science multipliant ses conquêtes aura arraché un à un tous ses secrets à la Nature et déchiffré enfin l'angoissante énigme de la vie, elle remontera des effets à la cause et inévitablement rencontrera Dieu.
>
> C'est alors qu'apparaîtra, dans sa réalité brutale, le néant de l'œuvre des hommes.

Ce fut dans Kristiania une émotion profonde lorsque l'on apprit la retraite imprévue du professeur Ivar Amnéus qui, depuis une quinzaine d'années, enseignait les sciences à l'Université.

Le professeur avait, à cette époque, cinquante-cinq ans tout au plus, et depuis longtemps déjà sa renommée était universelle.

De haute taille, très droit et très robuste, en pleine possession de toutes ses admirables facultés intellectuelles, il semblait destiné à demeurer, pendant longtemps encore, le flambeau et la gloire de l'Université de Kristiania.

Et voilà que tout à coup, à l'improviste, pour des motifs ignorés de tous, il allait descendre de sa chaire, quitter ses élèves et s'exiler tout là-bas, au Nord, dans un vieux manoir qu'il avait hérité de ses parents, à quelque distance de la ville de Tronsoë, dans l'île du même nom.

Vainement, des démarches furent tentées auprès de lui pour l'engager à réfléchir, à revenir sur sa détermination; vainement ses élèves, ses collègues l'adjurèrent de ne pas les quitter encore.

Tout ce que l'on put obtenir, ce fut que le professeur, dans une dernière et solennelle réunion, exposerait à ses amis et à ses élèves rassemblés les puissants motifs de la résolution qu'il avait prise.

Ce fut une inoubliable journée que cette journée d'adieux. En dehors des professeurs, des élèves, des amis, les plus hauts personnages du royaume avaient tenu à donner, en cette circonstance, à l'illustre savant, un suprême témoignage d'admiration et de gratitude.

Tous étaient assemblés attendant anxieusement les explications promises par le professeur; lorsqu'il parut, un frémissement parcourut la salle.

Il arriva, comme toujours, à l'heure exacte à laquelle avaient lieu ses cours; il était calme, ainsi que de coutume, et ce fut d'un pas lent et tranquille qu'il s'avança parmi la foule et gravit, pour la dernière fois, les quelques marches de sa chaire.

Arrivé là, il promena sur la foule qui l'entourait, son regard pénétrant et clair, puis, baissa la tête, et resta pendant quelques instants silencieux.

Enfin, il releva la tête, et d'une voix nette, posée, de cette voix qui ne retentirait plus jamais dans cette enceinte, il dit :

— Mes amis, mes enfants, je vais vous quitter. Dans quelques jours, j'aurai quitté Kristiania peut-être pour n'y jamais revenir. Ma décision — qui est irrévocable — a dû certainement vous surprendre et, pour éviter tout commentaire, j'ai pensé qu'il était convenable de vous en donner clairement et simplement les motifs :

Quelques-uns d'entre vous savent qu'il y a bien longtemps déjà, alors que j'étais un jeune homme rempli d'ambition, d'enthousiasme et d'espérance, un irréparable malheur sur lequel vous me pardonnerez de n'en pas dire davantage, vint bouleverser et briser ma vie.

Comme aujourd'hui, je ne pratiquais alors aucune religion, je ne croyais qu'en la Science et c'est à elle que je résolus de demander les consolations et l'oubli. Elle me les donna. Et c'est alors que je me promis à moi-même de ne jamais reculer devant aucun sacrifice, si pénible qu'il fût, que la Science pourrait un jour exiger.

Ce jour, mes amis, est arrivé.

Depuis longtemps déjà, je méditais sur un problème qu'avaient étudié avant moi nombre de penseurs, de savants et de philosophes et dont la solution est toujours à trouver.

Longtemps, je crus à l'impossibilité de trouver le mot de cette redoutable énigme, mais, peu à peu, je pus me convaincre que l'œuvre, pour difficile qu'elle parût, n'était pas au-dessus des facultés d'une intelligence humaine et je décidai d'attacher mon nom à cette œuvre, d'y consacrer, s'il le fallait, tous les jours qui me restent à vivre et de rompre. sans hésiter, avec mes habitudes, mes occupations habituelles, et même, avec mes amitiés, afin de me donner tout entier à la tâche que je me suis imposée.

Je ne vous dirai pas quelle est cette œuvre, mais je puis vous affirmer que le jour où elle sera enfin réalisée, une vie nouvelle, une vie meilleure commencera pour l'Humanité tout entière...

Cependant, il faut que mes amis, que mes

disciples sachent bien que j'emporte au fond de mon cœur, un inoubliable souvenir des travaux communs et de leur affectueuse amitié ; de ma retraite, je continuerai à suivre leurs travaux, à encourager leurs efforts, à les aider autant qu'il sera en mon pouvoir, et ceux d'entre vous qui, dans l'avenir auraient l'occasion de passer à proximité de ma vieille maison pourront en toute confiance en franchir le seuil, ma porte et mon cœur leur seront toujours ouverts.

*
* *

Un mois plus tard, le professeur Amnéus était installé dans son domaine.

L'immeuble, assez vaste, était situé sur une hauteur : d'un côté, il dominait la mer, et de l'autre, la vue s'étendait sur une immense forêt de sapins ; à quelque distance se trouvait un hameau, quelques masures en planches, habitées par des bûcherons et des saleurs de poisson ; il y avait aussi une chapelle et un hôpital entretenus par des missionnaires catholiques.

Lorsque le professeur Ivar Amnéus eut procédé à l'installation de son laboratoire et de sa bibliothèque, travail qui lui demanda plusieurs semaines, on le vit le matin et le soir, se promener au bord de la mer ou dans la forêt. Les bûcherons ou les pêcheurs qu'il rencontrait sur sa route, le regardèrent d'abord avec une curiosité défiante, puis, peu à peu, s'accoutumèrent à sa présence.

Le professeur vivait simplement ; une vieille femme, veuve de pêcheur, venait chaque jour mettre son ménage en ordre et préparer ses repas.

Pendant la plus grande partie de la journée,

le professeur restait enfermé dans son laboratoire et travaillait...

Bientôt, les habitants du pays accoutumés à sa présence, prirent l'habitude de le saluer respectueusement quand ils le rencontraient par leur chemin; et lui, leur adressait quelques paroles amicales.

Ainsi, des mois, puis des années passèrent...

*
* *

Il arrivait parfois que des anciens élèves du professeur venaient le visiter dans sa retraite. Il avait grand plaisir à les recevoir et s'entretenait avec eux de leurs travaux, de leurs succès et aussi des découvertes nouvelles, des conquêtes de la science.

Et toujours, lorsque l'invité s'extasiait sur telle conquête du génie humain, sur une de ces merveilleuses inventions qui suffisent pour immortaliser un homme, le professeur ouvrait en souriant une grande armoire vitrée dans laquelle étaient soigneusement rangés, de nombreux manuscrits. En souriant, le professeur saisissait un de ces manuscrits et montrait à son invité que lui-même avait, depuis longtemps déjà, résolu le problème.

Tout cela n'est rien, disait-il; toutes les découvertes présentes et futures disparaîtront devant l'œuvre à laquelle je travaille, et dont profitera l'humanité tout entière. Quelques années encore, et le but sera atteint.

Cependant, il ne donnait jamais, sur ses travaux, de détails précis, et par respect pour le Maître, on n'insistait pas.

*
* *

Cependant, plus de 25 années s'étaient écoulées depuis que le professeur Amnéus avait quitté Kristiania.

A près de 80 ans, il était resté robuste et droit, son regard clair avait conservé la même acuité; son intelligence, toute sa vivacité.

Depuis quelque temps, cependant, les bûcherons et les pêcheurs remarquaient que le professeur, au cours de ses promenades quotidiennes, était le plus souvent accompagné de deux des prêtres catholiques desservant la chapelle; ils avaient ensemble de longues conversations.

Brusquement, les promenades du professeur cessèrent. On ne le vit plus pendant de longs mois, ni au bord de la mer, ni dans la forêt paisible. Mais un jour, une vingtaine de personnages étrangers arrivèrent chez lui; et le professeur, radieux, l'air rajeuni, s'avança au-devant d'eux, leur serrant joyeusement la main.

Dans la grande salle du vieux manoir, un repas avait été servi.

*
* *

— Mes amis, dit le professeur, lorsque les convives eurent quitté la table, et se furent réunis dans la salle de la bibliothèque, je vous ai convoqués ici aujourd'hui, parce que j'ai une grande nouvelle à vous annoncer.

L'œuvre à laquelle je travaille depuis quarante ans est enfin terminée, et j'ai tenu à vous mettre, les premiers, au courant de mes travaux.

Le professeur s'était levé, et très droit, le regard brillant, la voix claire et vibrante, il continua :

— J'ai enfin chassé le doute de la surface du globe; grâce à moi, l'Humanité pourra désormais marcher en toute certitude vers l'idéal suprême. J'ai fixé son but et tracé sa route.

En un mot, la découverte à laquelle j'ai attaché mon nom, est celle-ci :

« J'ai établi scientifiquement, mathématiquement, la preuve de l'existence de Dieu! »

A ces paroles, une sorte de malaise plana sur l'assemblée; l'enthousiasme sur lequel semblait compter le professeur ne se manifesta pas; après un compliment banal, quelques phrases de politesse froide, les convives se levèrent, et sortirent.

Quelques jours plus tard, le professeur fut tout surpris d'apprendre, par la lecture des journaux, qu'il venait d'être frappé d'aliénation mentale.

*
* *

La messe allait commencer dans l'humble chapelle des missionnaires catholiques; tout à coup, un mouvement se produisit dans l'assemblée des fidèles; le professeur Amnéus venait d'entrer; c'était la première fois qu'il mettait le pied dans l'église; il jetait autour de lui des regards étonnés et paraissait surpris de voir une aussi nombreuse assistance; il écouta l'office avec recueillement, et sortit l'un des premiers.

Dehors, il arrêta un petit bûcheron, un gamin d'une dizaine d'années, et lui demanda :

— Qui t'a révélé Dieu?

L'enfant leva sur le savant un regard étonné, et, sans répondre, lui montra un catéchisme qu'il tenait à la main.

Le professeur Ivar Amnéus prit le livre, et, promenant ses mains sur la tête de l'enfant, il lui dit :

— Je garde ton livre; mais, avec ceci, tu en achèteras un autre ; et il lui remit une pièce d'or.

Puis, abordant une pauvre femme misérablement vêtue, il lui posa la même question :

— Femme, qui donc t'a révélé Dieu?

Et la femme répondit :

— Où donc, si ce n'est en lui, retrouverai-je tous ceux que j'ai aimés sur la terre?

Il interrogea encore plusieurs personnes, puis, abordant le prêtre qui sortait à son tour de l'humble église, il lui dit :

— S'il me manquait encore une preuve de l'existence de Dieu, je la trouverais dans ce qu'il s'est lui-même fait connaître à ces humbles qui ne savent pas même lire! Puis, amèrement, il ajouta :

— Voilà que je doute maintenant de l'utilité de mon œuvre, de la Science et de moi-même!

Le prêtre répondit simplement :

— Puisque vous avez eu le bonheur de rencontrer Dieu, craignez de l'offenser en succombant au péché d'orgueil.

Pendant les jours qui suivirent, le professeur Amnéus sortit peu de chez lui; par contre, le vieux prêtre, devenu son ami, le visita à diverses reprises.

Un matin, la femme qui préparait les repas du professeur, le trouva immobile et glacé sur son lit : son visage portait l'empreinte d'une sévérité profonde; dans sa main il serrait un livre — le catéchisme du petit bûcheron. Il était mort en le lisant.

Sur la table, il y avait un pain de seigle, un broc de lait de chèvre et deux poissons salés.

L'armoire aux manuscrits était grande ouverte et vide, mais, dans la grande cheminée, un monceau de cendre, fumait encore.

C'était là tout ce qui restait de l'œuvre surhumaine du professeur Ivan Amnéus.

www.ingramcontent.com/pod-product-compliance
Ingram Content Group UK Ltd.
Pitfield, Milton Keynes, MK11 3LW, UK
UKHW012126240726
13965UKWH00005B/2002

9 782013 539531